지예의
지루한 수다

지예

1984년 '차라리' 앨범으로 가수 시작
1992년 '엄마 말해줘요', 2018년 'she and me' 등
싱글, 정규, 앨범 8개 발표하면서 프로듀서도 병행

1984년 임병수의 노래 '아이스크림 사랑' 등
작사가로도 활동하면서 변진섭의 '홀로 된다는 것', '로라'
김종찬의 '산다는 것은' 등 400 여곡을 발표하였다.

첫 시집 '선택'
두 번째 '작은 너의 몸짓 하나까지도 늘 처음처럼 바라볼게'가 있다.
세 번째 시집인 '지예의 지루한 수다'를 내면서 2019년 3월 시인으로
등단하였으며, 심상운 시인은 심사평에서 "인생의 진실을 투사하여 이
를 짧은 언어로 형상화하는 독특한 시적 개성과 놀라운 재능을 지닌 시
인이다."라고 평했다.

지예 의

지
루
한

수
다

스타북스

저는
오롯이
'선'만이 존재하는 세상을 꿈꾸는
이상주의자 입니다

이번 책을 쓰면서
쓰는 것이 아니라
스스로를 읽는 기분을 느꼈고
저 또한 많이 성장했습니다

끝까지
저의 수다를 들어 주셔서
진심으로 고맙습니다

지예

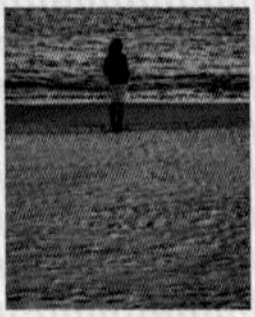

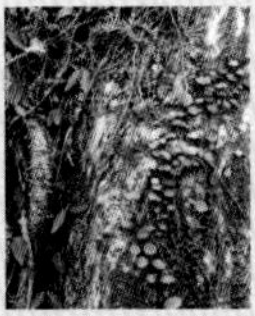

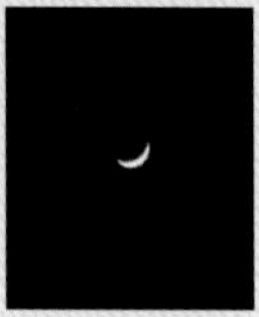

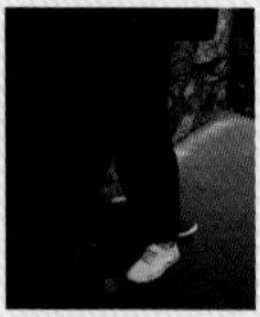

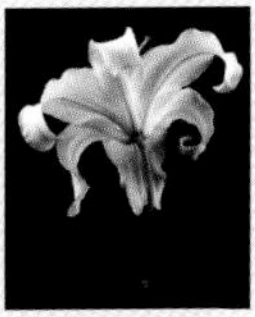

슬픈 별

이별을 배운다
삶의 시작이다

우리가 사는 곳은 '지구'
슬픈 별이다

나의 사랑이야기

그대는
어느 길에도, 어느 날에도
있지만 없었다

천재

창작의 사부는
우주의 눈
그들은
학교에 가지 않는다

술 한잔

술 한잔 하고싶다

시와 음악
그리고 천재에 관한
신비를 안주 삼아

자비

자비가 없는 사람은
자신의 장례식을
축제로 만든다

소멸

생각이 있어지는 만큼
말의 필요는 없어진다

앞으로의 세상은
언어의 소멸로
진화할지도 모른다

두 얼굴

상처가 뿌리 내리는 곳
적은 늘 가까이에 있다

숙제

하늘이 주신
최고의 숙제는
원수를 용서 하는것
심지어
사랑하는 것

자살의 변명

의로운 자살은
'자연사'이다

성숙

육은
정신의 성장을 돕는 껍데기
성숙해질수록
생은 지루해진다
다만
존중은 커진다

사고의 힘

진실이라 믿는 것은
진실이거나
진실이 된다

거울

얼굴은
마음의 거울
어떻게 쓰느냐에
그 격이 달라진다

당신의 얼굴은 얼마입니까

기도

산다는 것 자체가
기도다

슬픈 별 2

같은 시대에
다른 시간을 산다

우리가 사는 곳은 '지구'
슬픈 별이다

겨우

돌고 돌아
그 많은 노력 끝에
나는 속물이 되었다

무지

누구의 장난일까

시작도 끝도 모르는 이 세상을
장난이 아닌 '삶'이라 하기엔
너무 가혹하지 않은가..

하루 감옥

쓰고
지운다

척

잘난 척은
못난이의 꿈

있는 척은
가난뱅이의 꿈

똑똑한 척은
바보의 꿈

돈

돈은 잘못이 없다
그 돈의 주인이
노예가 되기 전까지는

투명인간

미래를 살다가
약속 없는 미래를 살다가
보이지 않는 미래를 살다가
끝내
오지 않을 수도 있는 미래를 살다가

친구

존재하는 것만으로
고마운 관계

친구라 부르리

끝이 없는 길

걸었다
돌아오는 길은 없다
오늘도 걸었다
돌아오는 길은 없다
내일도 걸었다
돌아오는 길은 없다
걷고 또 걸었다
돌아오는 길은 없다

외모

외모는
무기일 수도
함정일 수도

생일

오늘에야 만
일어날 일
오늘이 오지 않으면
결코 없을 일

오늘은
충실했던 어제들의 생일

가상

희,노,애,락, 중
노,애, 는 교육용

첫사랑

남자의 첫사랑은
첫 사랑

여자의 첫사랑은
지금 곁에 있는 사랑

훈련

버리면 얻고
얻으면 잃는다

깡패

내가 없어졌습니다

상처받은 영혼은 마비되고
모든 감정은 멈추었습니다

고통 한 가지만 없어도
고마워해야 하는 삶

삶이 깡패 같습니다

슬픈 별 3

사람이 사람을 무서워하는 곳

우리가 사는 곳은 '지구'
슬픈 별이다

대가

한번 지은 죄는
만년이 지나도 썩지 않는다
그 값을 지불할 때 까지

선물

내가 세상에서 제일 갖고 싶은건
그대의 시간
그리고
그대의 시간

SOS

죽고 싶다는 말은
살고 싶다는 말이다

하나

네가 내가 되고
내가 네가 돼보자
우린 무엇이 어떻게 다를까

지구는 둥글다

신선

몸을
구름에 태워 띄우면
신선이 된다

누굴까

누굴까
나를 사랑할 그 사람
누굴까
내가 사랑할 그 사람

인생길 곳곳마다
마중 나와 있는 인연들 중에
누굴까
그 사람

독사

'선'이 빠진 지능은
높을수록 타락한다

운명

나는 기다립니다
나를 위해 태어난 그 사람

그는 기다립니다
그를 위해 죽을 수 있는 한 사람

마음

'빛'에 따라 움직이는
사람의 마음을 본적 있는가

사람은 없다

존재하는 건 오직 신뿐이다

공범

나도 거기에 있었다

편

세상 누구를 미워할 수 있을까
우리 모두 다
'삶'이라는 같은 명제를 안고 태어나
같은 '끝'을 향하고 있는데
어디서 와서 어디로 가는지도
모르는데..
우리가 있는 지금 이곳에
왜 있는지도 모르는데...
내가 누군지도 모르는데..

우린 다 같은 '편'이다

장난감

어리석은 자들의 세상에선
정의는
장난감을 이기지 못한다

이상

가장
이상적인 삶은
번뇌 없는 생존이다

참 뜻

'죄는 미워하되
사람은 미워하지 말라'의
참 뜻을 알기까지
우리는
몇 번의 부활이 필요할까

슬픈 별 4

생각의 크기는
각자의 그릇 만큼이다
완벽한 소통은
불가능하다

우리가 사는 곳은 '지구'
슬픈 별이다

정글

꿈이 현실이 되고
현실이 꿈이 된다

우리는 아무도 어디에 있는지 모른다

소녀

내 안에 소녀가 있다

세월을 잃어
자라지 않는 소녀가 있다

공경

노인을 공경하는 것은
나 자신의 미래를 존중하는 것이다

어버이

어버이는
하늘이 나눠 주신
나만의 작은 하늘

어버이의 은혜는
유효기한 없는
고귀한 공짜 사랑

어버이의 다른 말은
기적

갑

약해지면
아픔이 갑이 되고
강해지면
안락이 갑이 된다

겨울

나에겐
죽어도 못잊을 사람이 없다
다행일까?................

끝에서

삶의 끝에 섰을 때

사랑을 배우지 못한 삶은
이미 죽은 채로
죽음을 맞이하는 것이다

격

우아' 야 놀자

침묵

은혜를 원수로 갚는 자에겐
원수가 되어줘라

사랑을 배신으로 갚는 자에겐
잊혀진 사람이 되어줘라

때로는 침묵이 강하다

지름길

너 자신을 알지 마라
그것이
가장 쉽게 편해지는 길이다

도착지

혼자 가나 둘이 가나
도착지는 하나
걸어가나 뛰어 가나
도착지는 하나

약속

약속을 지키지 않는 건
자신을 부정하는 것과 같다

옹알이부터 다시 배워야 한다

상처

좋은 소식이 왔습니다
얼마 만인지
기쁨보다 두려움이
먼저 손을 내밉니다

악취

생각을 물 흐르듯 하라
한곳에 고인 생각은
악취가 난다

슬픈 별 5

한 우리에
여러 종류의 종자를 뿌린다
길은 화합밖에 없다

우리가 사는 곳은 '지구'
슬픈 별이다

순환의 바다

피고 또 지는
무한반복의 바다
우리의 생이 실려간다

하늘 아래 꼭대기

낮은 것은 높은 곳으로
높은 것은 더 높은 곳으로
높게만 더 높게만 가려 하는데

최고만이 있는 세상을
나는 아직 본 적이 없다

가면

진짜 환자는 병원에 없다

상사꽃

깊은 사랑은
사람을 죽게도 만든다

모든 것을 아우르는
사랑의 고혹은
황홀 그 이상의 아름다움

사랑하는 사람이여
그리운 이여
진짜 사랑을 하고 싶다

생존주의

미로 속에도 주소는 있다

사랑 그리고 사랑

사랑은
상대의 행복이
나의 행복인 것

외사랑은
나의 행복을 위해
상대의 행복을 강요하는 것

폭력

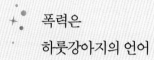

폭력은
하룻강아지의 언어

빼박

삶이 무서운 건
알기에
죽음이 두려운 건
모르기에

삶

삶이란
생각하기에 따라
상처이거나 경험일 수 있다

얼마나 다행인가
선택할 수 있으니..

환상

눈에 보이는 것들은
눈을 감으면 안 보인다

하늘이시여

하늘이시여
저는 야망이 없습니다
저는 욕망이 없습니다

하늘이시여
제가 살고 있는 이곳은
너무도 가난합니다

하늘이시여
사랑 밖에는 바랄 것 없는 저를 위해
다른 '별'을 만들어주세요

만약

내가 신 이라면.....................

생의 중간쯤에서

나는 행복합니다
내가 '나'라서
사고할 수 있어서
사랑할 수 있어서
그리고
당신이 있어서

당당

치려거든
앞 통수를

슬픈 별 6

사람의 탈을 쓴 생명체가
사람이라 불리우며
점점 번식한다

우리가 사는 곳은 '지구'
슬픈 별이다

살이

세상살이
과연 선택일까?

산

산으로 가자
살고자 하는 의지가 없다는 것은
죽고자 하는 용기도 없다는 것

산으로 가자
하늘과 가까운
산으로 가자

나이

나이가 쌓일수록
나이가 주는 무게는 가벼워야 한다

정

슬픔이 지겨워
웃고 삽니다
웃다 보니
슬픔도 정이 듭니다

좋은 날

더 좋은 날은 없다
더 나은 내가 있을 뿐

평행

나는 아직도 당신을 사랑합니다
다만 같이 갈 수 없음입니다

나는 아직도 당신이 그립습니다
다만 같이 갈 수 없음입니다

우리 사이엔
다가갈 수 없는 비가 내립니다

움직이는 진실

어느 쪽을 조명 하느냐에 따라
입장이 바뀐다
해석도 바뀐다

신과의 대화

세상은
나에게 질문을 하고
답은
'신'이 한다

희망의 빛

희망이 없다는 건
혼수상태와 같은 것

마음을 밝히는
단 하나의 빛
희망이 있는 한
알 수 없는 미래는 없다

배 째기

누가 봐도 까만데

순서

줄을 서기 전에
잘 서는 것부터 배워라

성장

걷자
하루를 걷자
행복하게 걷자

걸을 수 있어야
필요할 때
뛸 수 있다

출구

세상 밖으로 나가기 위해
세상 속으로 들어간다

생산

말은
마음을 만들고
마음은
말을 낳는다

슬픈 별 7

여자도
남자도
부자도
가난한자도
지식인도
무식자도
노인도
젊은이도
아이도
아닙니다
사람입니다

우리가 사는 곳은 '지구'
슬픈 별이다

아픔

아픔도 지친다
너무 목마른 아픔은
희망조차 마셔버린다

아픔도 쉬어야한다

터널

끝은 있다

외로운 아이

외로운 아이는
심장이 두개
하나는 잠들고
하나는 뛰지 않네

외로운 아이는
해가 두개
하나는 물들고
하나는 눈 감았네

외로운 아이는
달이 두개
하나는 숨고

하나는 가슴에 새겨
보이지 않네

필요

자유는
인간이 가져야 할
유일한 필요

봄이 왔네요

또
봄이 왔네요
지난해 왔던 봄도
아직 열어보지 못했는데

또
봄이 왔네요
언제 갈 줄 모르는 겨울이
아직 생생한데

또
봄이 왔네요

승리

태양은
뜰 때에 뜨고
스스로의 빛으로 발한다

자유로운 영혼

바람과 자유는 반비례한다

많은 바람은 욕심이 되고
중독된 욕심은
자유를 빼앗긴다

자유로운 영혼이란
세상 어떤 것과도 있는 그대로
악수할 수 있는 것이다

이루어질 수 없는 소원

사랑하는 그대와
술 한 잔하고 싶어라
사랑하는 그대 품에
안기고 싶어라
사랑하는 그대와 함께
내 모든 기쁨을 나누고 싶어라
사랑하는 그대와
춤추고 노래하고 싶어라
사랑하는 그대를
단 한번이라도 소리내
불러보고 싶어라
아버지라 불러보고 싶어라

동행

사랑의 완성은
결혼이 아니라 동행

기다림

나는
내일을 위해
오늘을 또 죽었다

떠나온 길

많이 아팠습니다
당신을 두고 떠나온 길

남겨진 사람보다
떠난 사람이
더 아플 수 있다는걸
처음 알았습니다

건배

악한 사람에게는 벌을
착한 사람에게는 상을

가치

건강을 잃으면
목숨이 위험해지고
사랑을 잃으면
삶이 위험해진다

슬픈 별 8

모두가
육체에 갇혔다

우리가 사는 곳은 '지구'
슬픈 별이다

최선

최선은 어디까지인가
그것이
인간에게 가능한가

허용

절대 권력은
절대 복종을 낳고
절대 복종은
절대 권력을 유지 시킨다

둘은 허용된 관계이자
같은 뜻이다
다만
강자와 약자로 나뉠 뿐이다

메뉴얼

선 오리발
후 해명

그냥

왜 사는지 몰라 물었다

바람과는 상관없이
아침이면 눈 떠지는 그것이
삶의 이유란다

그냥이다

영원

죽었다고 죽은 게 아니고
살았다고 산 게 아니다

우리는 그저 영원하다

일래요

태어날 땐 울었지만
죽을 땐 웃을래요

태어날 땐 아기였지만
죽을 땐 어른일래요

태어날 땐 빈 손이었지만
죽을 땐 빈 마음일래요

삶의 그늘

길고 긴 아픔이 가고
새로운 아픔이 시작된다

모쪼록

모쪼록
어렵고 힘든 세상
잘 견디고 이겨내서 행복해지길
진심으로 바랍니다

당신은 그럴 자격 있습니다

사랑의 모습

사랑이라 말하지 말아주세요
혹여
당신의 마음이 변하면
난 당신이 아니라 사랑을 원망하며
다시는 사랑을 하지 않으리라
다짐할지도 모릅니다

사랑이라 말하지 말아주세요
혹여
당신이 날 떠나면
난 당신이 아니라 사랑을 탓하며
사랑의 영원할 수 없음을
한탄할지도 모릅니다

사랑을 영영 부정할지도 모릅니다

사랑은 그자체로 존재합니다
사랑은 더 이상 사랑하지 않거나
그 모습을 바꾸지 않습니다

그저
함께 하고 싶어 곁에 머물다
언제고 때가되면 떠나는
아름다운 관계로 남아주세요

사랑을 하기엔 우린 아직 어립니다

가고 싶다

돈도 명예도 전쟁도 없는 곳
바람보다 자유로운 곳
그곳에 가고 싶다

신

누군가
내 길을 막는 걸 알고 있었다
누군가
나를 지키는 것도 알고 있었다
누군가
나를 인도해주길 바라며
내 속 의 이야기를 털어 놓기도 했다
그 누군가는
혹시 신 이었을까?...

꼬리표

경험의 꼬리표를
부끄러워하지 말라
단련의 훈장일지도 모르니

외로움

외로움이란
혼자 있을 때가 아니라
누군가 곁에 있을 때 찾아옵니다
나 혼자라는 사실을 느끼게 해주는 건
고독이 아니라 무관심이기 때문입니다

외롭지 않기 위해 '둘' 일 필요는
없습니다

환생

새로운 몸
새로운 시간
못한 공부 계속하기

바람

내 머리맡에 바람이 붑니다
따뜻한 바람입니다
어느덧
차갑지 않아서 고맙습니다

슬픈 별 9

유료 놀이공원
규칙은 없다

우리가 사는 곳은 '지구'
슬픈 별이다

예정된 시간

너는 갈 사람이었다
내가 보내지 않아도
네가 떠나지 않아도
너는 거기까지만 있을 사람이었다

가만히 있어도
지켜지는 것들이 있다

해방

저마다
스스로의 스승이 될 수 있다면
인류는 해방되리

여정

행복을 만나기 위해
긴 세월 걸었습니다
더 이상 길이 없을 때 쯤
행복이 마중나와 있습니다

짧은 만남 긴 이별로 행복은
또 한 번의 슬픔을 남기려 합니다

인간의 조건

타인을 사랑함은
인간다움의 시작이다

완성

단 한 번도 가까이서
사람에게 감동받아 본 적 없는 나는
마음을 바꿨습니다
내가
감동을 주는 사람이 되기로..
어쩌면
죽기 전에 꼭 보고 싶었던
그 아름다운 사람을
나는 만날 수 있게 될지도 모릅니다

겉핥기

상품의 가치는
포장에서 부터 출발한다

도

마음을 닦는 이유는
잘 살기 위해서가 아니라
잘 죽기 위해서다
죽음이란
생의 마지막 의무이다

귀결

결국은
생계다

존재

나는 바람입니다
더 이상은 춤지 않습니다

나는 슬픔입니다
더 이상은 아프지 않습니다

나는 사랑입니다
더 이상은 외롭지 않습니다

나는 이 세상 모든 것이 되었습니다
더 이상은 담을 것 없어, 버릴 것 없어
나는 그저 존재합니다

편리의 승

인간이 기계가 되는 날

나에게 쓰는 편지

미안해
이렇게밖에 살지 못해서

고마워
잘 견뎌줘서

내가 처음 웃는 날
내가 처음 우는 날
그 날이 오면
노래를 불러줄게
그리고
약속할게
진정 나답게
더 착한 사람이 되기를

계산

살다 보면
'산수'가 '수학'보다 어렵다는 걸
알게된다

나는 망각입니다

나는 당신을 모릅니다
나는 당신을 만난 적 없습니다
나는 당신을 사랑한 적 없습니다

나는 잊어야 사는 망각입니다

오늘의 뉴스

그냥 막 쑤셔 구겨놓은 걸레

슬픈 별 10

생존경쟁의 터
슈퍼맨 없는 전쟁 터

우리가 사는 곳은 '지구'
슬픈 별이다

기억상실

나의 날개는 어딘가에 뒹굴고 있다

진화

너는 날마다 늙어갈 때
나는 날마다 젊어간다
우리는 다르게 진화하고 있다

너는 나이로 늙어갈 것이고
나는 지혜로 나이 먹을 것이니
너는 늙어 있을 때
나는 살고 있을 것이다

마지막의 얼굴은 궁금해 하지 말자
'지금의 나중' 일테니

작전 필요 無

나를 예쁘게 하는 사람
나를 착하게 만드는 사람
급기야
나를 천사로 부르는 사람
나의 사랑 작전 필요 無

봄

아무리 혹독한 겨울도
봄을 막지 못한다

해바라기

내 가슴 속에
너의 방을 만들었다
너 언제든 들어와 쉴 수 있게
너 내 안에서 혼자 될 수 있게
날마다 나에게
다시 돌아올 수 있게

모래성

잘못된 처음은
결말의 예고편

신호

시련이 오는 건
왜 사는지
어떻게 살아야 하는지
숙고하라는 신호

거짓

세상에서
가장 완벽하고 달콤한 것은
거짓

질투

질투는
천륜도 무너뜨리는
감정의 곰팡이

사촌이 땅을 사면
배가 아픈 이유다

오뚝이

자꾸 일어나면 일어난다

열정과 욕망

열정과 욕망은 어떻게 다른가
열정은
과정 속에서 최선을 다하는 것이고
욕망은
결과를 위해 옳고 그름을 잊는 것이다

지옥

지옥은
나쁜 사람이 아니라
느끼는 사람의 것이다

만찟남 119대원들

당신들이 있기에
우리는 언제나 어디서나
안전함을 느낍니다
만약 신이 있다면
아마도
당신들의 가슴에
꽃을 심었을 것입니다
당신들의
행동하는 존중과 헌신에
감사드립니다
사랑합니다

똥

똥은 밟혀도 되는 것인가

금, 흙, 수저

개천에서 태어난 용은
오르는 길을

궁에서 태어난 어느 왕자는
내리막 길을

배우는 건 마찬가지다

정체

생, 로, 병, 사
이보다 더한 고통은
모른다, 이다

욕망

그것도, 있는 너는
늘 부족하지만

그것밖에, 없는 나는
늘 충분하다

청춘

하늘에서 폭탄이 내릴 때

기회의 별

나 자신과의 싸움이 끝났을 때
더 높은 차원의 문이 열린다

우리가 사는 곳은 '지구'
슬픈 별
곧, 기회의 별이다

지예의 지루한 수다

초판 인쇄   2019년 4월 30일
초판 발행   2019년 5월 8일

지은이   지예
사진   지영빈, 이한길
펴낸이   김상철
발행처   스타북스
등록번호   제300-2006-00104호
주소   서울특별시 종로구 종로1가 르메이에르 1117호
전화   02) 735-1312
팩스   02) 735-5501
이메일   starbooks22@naver.com
ISBN   979-11-5795-454-4 02810

ⓒ 2019 Starbooks Inc.
Printed in Seoul, Korea

• 이 도서의 국립중앙도서관 출판예정도서목록(CIP)은 서지정보유통지원시스템
  홈페이지(http://seoji.nl.go.kr)와 국가자료공동목록시스템(http://www.nl.go.kr/
  kolisnet)에서 이용하실 수 있습니다. (CIP제어번호 : CIP2019015730)